歡迎索取，面紙包內附贈免費券。
啊，有人在發面紙。
好像還附贈了免費券
趕快去拿，趕快去拿。只要可以免費拿的東西，走過路過千萬別錯過。
這是什麼的免費券。
真希望是飯糰的免費券。
嗯？什麼什麼？
這包面紙裡的免費券引發了這本書中所寫的事件，至於是怎麼回事，看了這本書之後就知道了。

怪傑佐羅力之偷畫大盜

文．圖 **原裕** 譯 王蘊潔

於是……
剛才拿到的面紙裡，有噗嚕嚕噗嚕美術館的免費入場券呵。
啊？真的耶，既然不用錢，去看看也可以。我只看免費的。
好，那就決定了。在吃午飯之前，先去鑑賞一下美術作品，提升品味和修養。偶爾也要養養眼，讓眼睛也充實一下。

佐羅力他們被面紙包裡的
免費券吸引，決定先去
美術館，欣賞那裡的
繪畫作品。
走吧，一起走吧，
一起去美術館吧，
梵谷、畢卡索，
馬奈、莫內，
去看來自世界各地、
各個國家的名畫，
大飽眼福。
走吧，一起走吧，
一起去美術館吧，
北齋、夏卡爾、哥雅、達利，
好好欣賞在歷史上
留名的美麗名畫，
大飽眼福，
大飽眼福。
不管眼睛看飽了多少
名畫，看得超多又超多，
肚子也不會變胖，
啊～喔哩喔哩～

但是，先別高興得太早。

「噗嚕嚕噗嚕美術館」

這個名字聽起來是不是

有點怪怪的？

各位猜對了，完全正確。噗嚕嚕噗嚕美術館的館長不是別人，正是噗嚕嚕糖果公司的噗嚕嚕董事長。

「啊呀，噗嚕嚕董事長，這次終於建造了一座出色的美術館。」

「摳噗嚕，有一件事千萬不能讓別人知道，我透過某個特殊的管道，用便宜的價格買了這些名畫，全部呵。所以這座美術館所用的資金比原本預計的更便宜。」

噗嚕嚕挺起胸膛，得意的說。

「但是，免費贈送入場券
這種做法真的妥當嗎？」
「摳噗嚕，不必擔心，
只要客人走進美術館，
就逃不出我的手掌心了。」
他說什麼！

佐羅力他們在美術館入口發生了爭執。

「妳說如果不買一百二十元的零食，就不能進去參觀名畫嗎？」

「對，沒錯。走進美術館入口雖然是免費的，但是，要繼續入內參觀，就必須買零食才能進去。」

「那算了，不看了，不看了。」

佐羅力他們生氣的想要掉頭離開。

「如果你們要離開，請付二百四十元離場費。」

「離、離場費？」

「沒錯。踏進美術館，卻沒有參觀名畫就掉頭離開，是對藝術家和作品很不禮貌的行為。所以必須向你們收取離場費。」

「按照妳的說法，還是買了零食，進去參觀一下更便宜？」

佐羅力他們很不甘願的買了零食後，繼續走進美術館內。

看吧！
就像他們剛才那樣，只要一踏進美術館，最後就得乖乖把錢掏出來。當初就是用這種方式設計的。
噗嚕嚕董事長，你真是太英明了。

我買了巧克力球，但咬了一口才發現裡面是空的。
我買的是花生，因為帶了殼，所以可以吃的分量超級少。
你們真囉嗦呀。本大爺把這分花生也給你們，你們要趕快專心看畫，專心看畫。

但～～是。
摳噗嚕，我跟你說，這絕對不是詐欺。
噗嚕嚕董事長，那還用說嗎？
為何不是詐欺？因為只要付了區區一百二十元，就可以進來這裡欣賞這麼絕頂的世界名畫。你好好看一看。
一百二十元可以買五個加了很多很多鮮奶油的菠蘿麵包。
如果買便利商店的飯糰，也可以買五個。
喂喂，你們不要這麼小氣巴啦……。
喔喔。
你們兩個，趕快來看哪。

美術館的正中央掛著的那幅畫，正是舉世聞名、由李奧喵多·達文東所畫的「萌喵麗莎」。

「太出色了，佐羅力城內一定要掛上這麼了不起的畫，讓萌喵麗莎每天都對本大爺微笑。」

佐羅力看著美麗的「萌喵麗莎」出了神，這時，有一個影子悄悄走到他身邊，對著他咬耳朵。

波哩卡哩

「你真是太有眼光了，原來你也盯上了這幅『萌喵麗莎』啊，嘰吱吱吱。」

那個人原來是赫赫有名的國際大盜鼠帝。

「之前本大爺不是逮到你※，
把你關進了監獄嗎？」

「嘰吱吱，我早就越獄逃跑了，
聽說價值數十億元的
『萌喵麗莎』在這裡，
鼠帝我怎麼可能眼睜睜的看著，
錯過這個發大財的
好機會呢？

※ ★詳細的故事請參考《怪傑佐羅力之名偵探登場》。

我的計畫完美無缺。兩、三天之內，就會來這裡把這幅畫帶走，你不要再妄想了。以你目前的能力，想要躲過這裡的警衛，偷走這幅『萌喵麗莎』根本是不可能的任務哇。嘰吱吱吱。」

鼠帝說完，轉身離開，消失在美術館的人群之中。

哼～，憑什麼說本大爺做不到！
可惡的鼠帝，本大爺要在今天晚上，就把這幅「萌喵麗莎」偷到手，給你看看什麼叫做厲害！
沒錯。沒錯。
全部的窗戶都從裡面鎖住了
這棟房子有3層樓
總共有28級階梯
以佐羅力的個性，別人向他下戰帖，他當然不可能乖乖認輸。
於是，他立刻假裝在欣賞畫，偷偷觀察了美術館的情況，還有「萌喵麗莎」的位置這些細節問題。

他們三個人把觀察到的詳細情況記錄下來後，離開了美術館……

然後，他們開始思考到底可以從哪裡偷偷溜進美術館。

「嗯，只要能夠找到方法溜進美術館，其他問題應該都可以簡單解決了，但是，沒有想到這裡比我想像中更加戒備森嚴。」佐羅力叉著手，皺著眉頭沉思起來。

這時，他看到了停在美術館屋頂上的直升機停機坪。

那裡停著一架噗嚕嚕平時搭的直升機。

佐羅力把伊豬豬和魯豬豬叫了過來，向他們說明了這次偷畫行動的計畫。

偷竊「萌喵麗莎」大作戰
千萬別輸給鼠帝

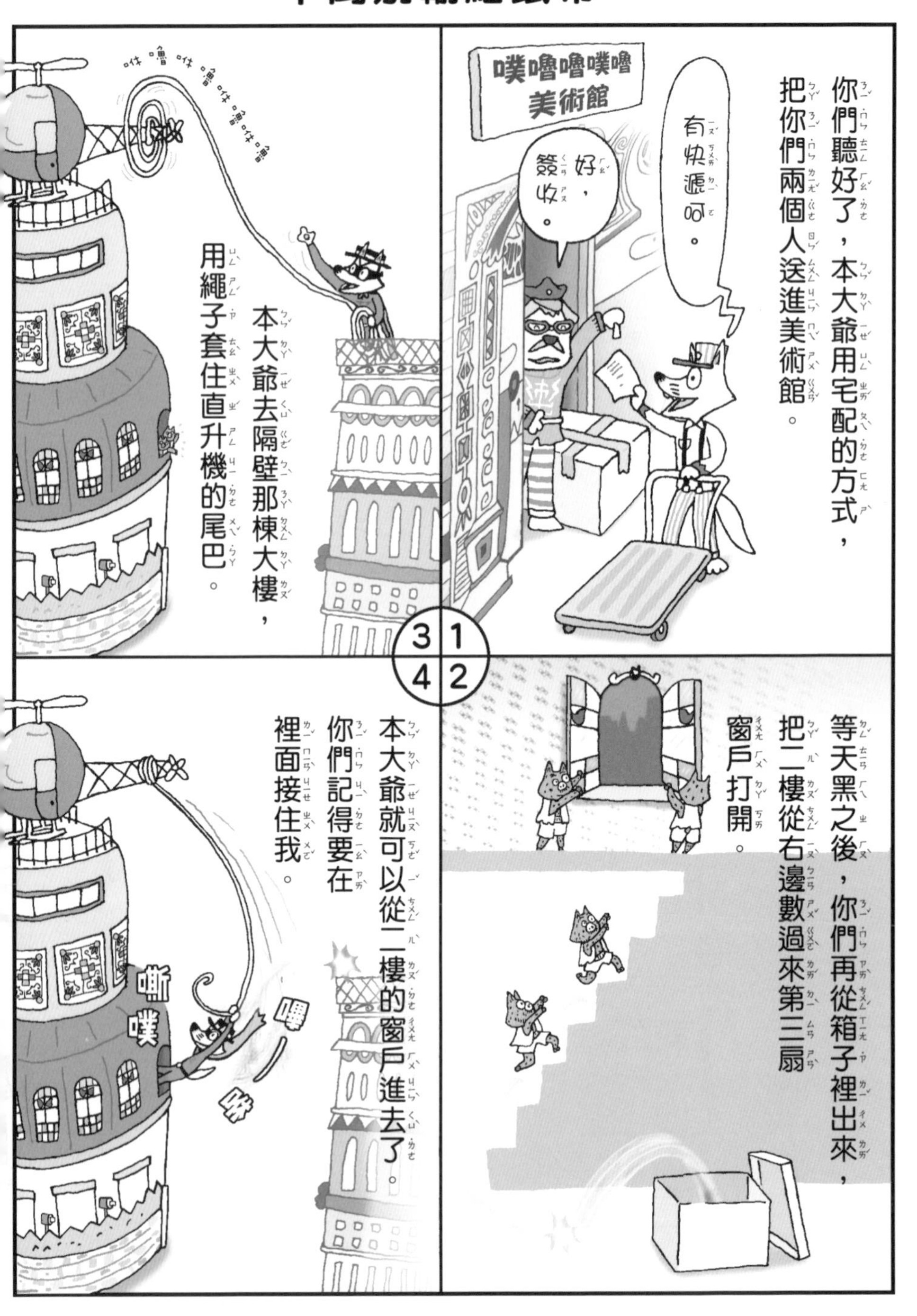

「只要能夠進入美術館，
我們就穩贏了。」
「事情有可能會這麼順利嗎？」
「當然，一切都包在本大爺身上吧。
啊，對了，你們要偽裝成
美術品，這麼一來，
就算有人打開箱子，
也不會出問題。」
佐羅力立刻為
伊豬豬和魯豬豬
化妝打扮了一番，
然後把他們裝進一個
大紙箱裡，用膠帶封好紙箱。

「我是送貨員，幫你們送貨來了。」

半夜裡，有一個送貨員

出現在美術館的入口來送貨。

那個送貨員當然就是佐羅力假扮的。

美術館的幾名警衛相互討論起來。

「你有聽說今天晚上會送貨來嗎？」

「沒有哇，如果收下一些奇怪的東西，

一定會挨罵，所以不能隨便收下。

可不可以等明天白天，

噗嚕嚕董事長在的時候再送來？」警衛說完，也不等佐羅力回答，就立刻把門關上了。

美術館的警衛不收下貨物，佐羅力的計畫就泡湯了。

伊豬豬和魯豬豬也忍不住在紙箱裡嘆著氣。

但是，佐羅力沒有放棄，立刻採取了下一步行動。

他在轉眼之間，就變身成為怪傑佐羅力。

「嘻嘻呵呵。既然你們不願意收下貨物，那就由我怪傑佐羅力收下吧！」

「怪傑佐羅力！」

幾個警衛員慌忙從門內衝了出來，發現了正打算搶走貨物的怪傑佐羅力。

「不好了，大家趕快過來，一起保護貨物！」

幾個警衛員合力把佐羅力推開，然後把貨物團團圍住，不讓他搶走。

佐羅力立刻說：

「啊呀，真傷腦筋，真傷腦筋，你們的戒備太森嚴了，我真不是你們的對手。」

佐羅力很乾脆的放棄了貨物，轉身逃走了。

哈哈哈，他認輸了。
只要有我們在，
就算是惡名昭彰
的佐羅力，
也偷不走一張紙。

幾個警衛員挺起胸腔，
得意洋洋的
把貨物搬了進去。

那幾個警衛員在美術品倉庫內打開了紙箱，發現紙箱內裝的是兩幅很奇怪的畫。

「藝術的世界真是讓人搞不懂，不過，既然佐羅力想要偷，看來一定是很珍貴的作品。」

「不管怎麼說，我們成功的阻止它被佐羅力偷走，

噗嚕嚕董事長搞不好會發獎金給我們。」

「真是讓人期待呀，哈哈哈。」

警衛員把那兩幅畫擺好，然後又回到各自的工作崗位。

就在四下無人的時候，那兩幅畫窸窸窣窣動了起來。兩個影子從畫框裡走了出來，躡手躡腳的走上了二樓。

他們就是被佐羅力化過妝的伊豬豬和魯豬豬。

他們按照佐羅力的計畫，立刻跑去打開了二樓的窗戶，站在窗戶前等待時，發現裝零食的花車剛好就放在這個樓層。

因為白天的時候，花了一百二十元才買到一小包，讓伊豬豬和魯豬豬很不甘心，所以忍不住跑了過去，伊豬豬把巧克力球裝進了紙袋，魯豬豬也把帶殼花生不停的裝進紙袋，

他們把紙袋裝得滿滿的。
就在這時，佐羅力按照
原定的計畫，抓著繩子，
從窗戶外俐落的跳了進來。
但是，原本應該在窗前接住
他的伊豬豬和魯豬豬並不在。

不、不是窩好了要、要椰住我嗎？
但是，佐羅力大師，我們終於把白天付出去的錢賺回來了。
你們這兩個傻蛋。我們的目的才不是賺這麼一點點哪，別傻了，趕快跟我來。

多虧了他們白天做了仔細的調查，
就算在伸手不見五指的晚上，
還是可以很快就找到了「萌喵麗莎」
所在的那個房間。

「就是這裡，就是這裡！」

佐羅力拿出手電筒
照在原本掛了這幅
畫的地方，
沒想到……

那裡竟然出現了一張紙。
上面寫著——
佐羅力到此一遊
順便帶走了
萌喵麗莎
怪傑佐羅力
萌喵麗莎
啊——？
不、不是你們想的那樣。不是本大爺偷的，看這裡的泥土，絕對就是那個鼠帝偷的。沒想到被他搶先一步了。
佐羅力大師太了不起了，竟然在溜進來之前，就已經把畫偷走了。
佐羅力大師真的是天才。

佐羅力正感到懊惱不已。就在這時，整間美術館的燈都同時亮了起來。
咦？
什、什麼？誰、誰報警的？
啊，一定是鼠帝那個傢伙！
喔，我懂了，這是他設下的陷阱，想把罪嫁禍給我？
剛才我們接獲通報，說佐羅力潛入美術館，正在偷「萌喵麗莎」。
少在那裡碎碎唸，你們明明就是進來偷東西，那張紙就是確確實實的證據。快把「萌喵麗莎」交出來！

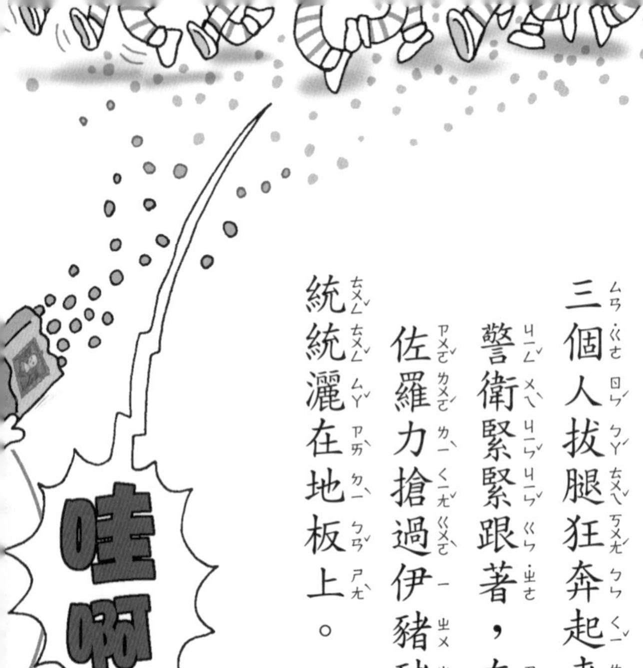

佐羅力根本沒偷，當然不可能交出來。

「哼，在證明我的清白之前，我怎麼可以讓他們抓住。現在當然是先溜再說！」

三個人拔腿狂奔起來。

警衛緊緊跟著，在後面不顧一切的追趕。

佐羅力搶過伊豬豬手上的巧克力球，統統灑在地板上。

警衛一個個踩到了巧克力球，

腳下打滑

不小心跌倒了。佐羅力他們趁這個機會，逃到了庭院。

因為佐羅力想到鼠帝是地鼠，一定挖了地洞，潛入美術館偷走了這幅畫。

佐羅力的推理完全正確，
他們在這個放了很多
雕刻作品的寬敞庭院裡，
發現了鼠帝逃走的路徑。

你們仔細看清楚。在庭院後方的樹林裡，是不是有一個小洞？他一定偷了「萌喵麗莎」，然後從那裡逃走了。

佐羅力他們三個人正想要走去那裡……

幾個警衛已經追到了庭院，
佐羅力他們三個人只能不停的
靠著庭院中的雕刻作品做掩護，閃閃躲躲，
再急急忙忙跑向鼠帝挖的那個洞。

佐羅力和伊豬豬
終於來到了那個洞口前……

躲在雕刻作品後方的魯豬豬發現自己的那包花生竟然掉了。

他慌忙

從那個雕刻作品的洞裡，把頭鑽了過去。

但這下子真的完蛋了。

因為他的脖子太粗了，鑽進去後，就拔不出來了。

嘿～咻

嘿～咻

佐羅力和伊豬豬慌忙跑了過去，又是推，又是拉了半天，但魯豬豬還是卡在裡面動彈不得。

不一會兒，

警衛發現了他們，
全都跑過來
想要抓他們。
在那裡！
找到了！
別讓他們逃走！
抓住他們！
佐羅力大師，您不要管我，趕快逃吧。
伊豬豬，要記得把我那分留下來。
對、對不起，等一下我一定會回來救你的。
魯豬豬，花生先放在我這裡，我會幫你保管好。
如果一起被抓住，
真的會大事不妙。
佐羅力和伊豬豬慌忙離開，
跳進了樹林後方的那個洞裡。

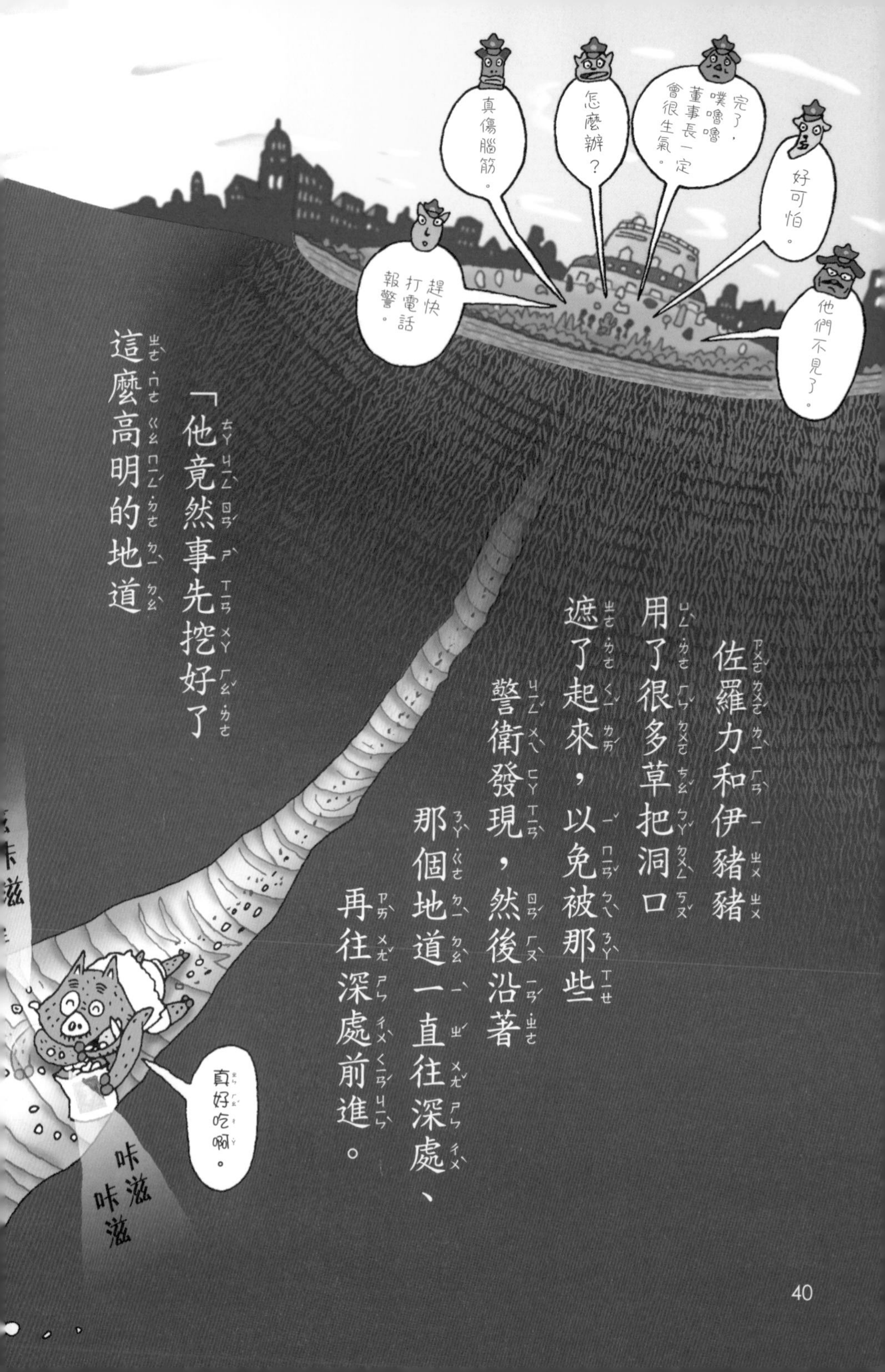
他們不見了。
好可怕。
完了，噗嚕嚕董事長一定會很生氣。
怎麼辦？
真傷腦筋。
趕快打電話報警。
佐羅力和伊豬豬
用了很多草把洞口
遮了起來，以免被那些
警衛發現，然後沿著
那個地道一直往深處、
再往深處前進。
「他竟然事先挖好了
這麼高明的地道
真好吃啊。
咔滋
咔滋

設下陷阱，想要嫁禍給我，
我絕對無法原諒他。
鼠帝，你給我乖乖等著，
我一定要親手逮到你。」

佐羅力愈想愈生氣，
愈來愈火冒三丈。
不知道爬了多久，
終於看到了出口處的亮光。
那裡是……

位在村莊外的一片廢墟，
每一棟房子都破破爛爛，
完全不像是有人住在那種地方。
而且，鼠帝的蹤跡完全
消失不見了，佐羅力只能
愣在原地。
但是，就在這時……

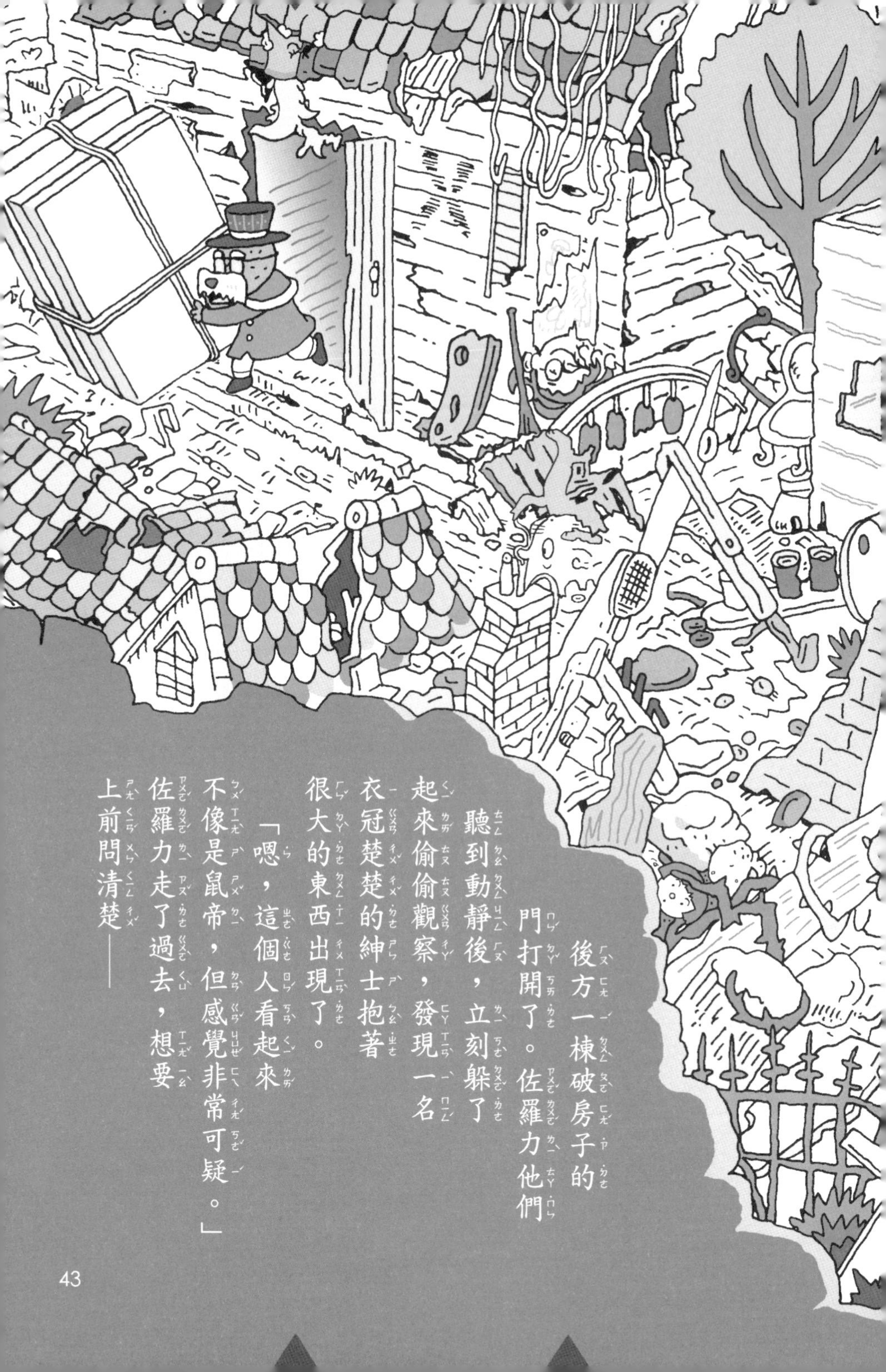

後方一棟破房子的門打開了。佐羅力他們聽到動靜後，立刻躲了起來偷偷觀察，發現一名衣冠楚楚的紳士抱著很大的東西出現了。

「嗯，這個人看起來不像是鼠帝，但感覺非常可疑。」

佐羅力走了過去，想要上前問清楚——

那名紳士搭上了等在那裡的計程車，然後計程車就載著他離開了。

「唉，我們晚了一步，讓他逃走了。但是，他剛才走出來的那棟房子裡，絕對隱藏了什麼祕密。」

佐羅力用手推開那棟房子的門，輕輕鬆鬆就把門打開了。

兩個人悄悄的踏進了門，

走進那棟房子。

當他們走到書架前的時候，佐羅力聽到地板下面隱約傳來了說話的聲音。

「本大爺猜想鼠帝一定就在這裡面！喔，這裡竟然隱藏了祕密空間的入口。」

佐羅力說完，用力打開了在腳下發現的那道門。

然後猛然衝了進去。
鼠帝，你就乖乖投降吧！
啊，鼠帝呢……？
地下室內，只見三名年輕的畫家坐在那裡，正在畫畫。

但是，仔細一看，
發現他們正在模仿
舉世聞名的名畫，
最驚人的是，他們
竟然畫得一模一樣。
「你們才有問題吧，
躲在這種地下室，
偷偷的畫假畫，實在
太可疑了。」
佐羅力說……

「我們才不是在畫假畫！第鼠先生說，想要學好畫畫，最有效的方法，就是臨摹舉世聞名的名畫，學習名畫中的技巧，所以特地提供了這個地方作為藝術工坊，讓我們學習繪畫。」

「對我們這些年輕的窮畫家來說，這根本是天上掉下來的禮物。」

「因為能夠在這裡臨摹名畫，

我們才能進步神速，愈畫愈像。」

「你們口中的第鼠先生有沒有帶一幅畫回來？」

佐羅力問他們。

「這就不知道了，我只記得他剛才回來之後，立刻帶著我們畫的三幅畫出門了……」

「對了，他好像有帶什麼東西回來。」

「好，那我來檢查一下。」

佐羅力開始檢查這個房間裡
所有的畫，因為他認為，
只要能夠找到那幅「萌喵麗莎」的
真跡，就可以證明這幾個畫家
口中的第鼠就是鼠帝。
★請各位讀者也和佐羅力一起找一找，
房間裡到底有沒有那幅「萌喵麗莎」。
如果已經忘記了是什麼樣的畫框內
裝了什麼樣的畫，可以參考
伊豬豬吃完的花生袋子上
所印刷的「萌喵麗莎」。

同一個時間，

在噗嚕嚕噗嚕美術館的會客室裡，

第鼠正把三幅畫放在噗嚕嚕面前，自己坐在沙發上。

第鼠先生，你來得正好。今天會有一位赫赫有名的評論家先生千里迢迢，特地來我們的美術館，但最讓本館感到驕傲的「萌喵麗莎」畫像竟然被偷走了，我正在為這件事煩惱呢。只要讓這位評論家先生欣賞到這三幅名畫，我的面子也保住了。但是，第鼠先生，這三幅畫應該不便宜吧。

這些都是真跡，價格當然不便宜。但是，噗嚕嚕董事長既然是老客戶，第鼠我做生意向來不會讓老客戶吃虧。那就這樣吧，這次給你打一折，就算二千四百萬元，你覺得怎麼樣？
什、什麼？打、打一折！一折的優惠實在太划算了，我買了！摳噗嚕，趁第鼠先生改變心意之前，你趕快把錢準備好。
煩谷的「向日間」
●後期印象派畫家，被譽為「色彩魔術師」的天才畫家的代表作。
滷梭「裝死的女郎」
●被稱為樸素派的畫家，不刻意取悅大人，隨心所欲地揮灑畫筆，激發出繪畫新可能的傑作。

第鼠從噗嚕嚕董事長手上接過錢說：

「我接下來要出國，去世界各地收購名畫，所以就先告辭了。」

他匆匆站了起來。

「這家美術館能夠這麼快就開張，全都是因為你的幫忙啊，如果找到了出色的畫，再麻煩你賣給我。」

2千4百萬元

第鼠不想在這裡多停留，沒有等噗嚕嚕董事長把話說完，就拎著錢，急急忙忙的離開了美術館。

「摳噗嚕，趕快把這三幅畫掛起來，做好萬全的準備，迎接評論家先生的到來。」

這個時候，正在地下室的佐羅力他們……

終於找到了「萌喵麗莎」這幅畫。

「這下終於真相大白了，你們的董事長不是別人，就是鼠帝。」佐羅力一點也不遲疑的說。

「我想這其中一定有什麼誤會。」三個畫家同時說著一樣的話為第鼠辯解。

「沒關係，只要抓到你們說的第鼠，當面問他，就知道是怎麼回事了。

「萌喵麗莎」的畫就在這裡！

沒找到的人，可以翻回 50 ～ 51 頁，重新確認一下。

但是，在這之前，要先把這幅『萌喵麗莎』歸還給美術館，證明本大爺的清白。」

佐羅力拿著畫，正準備走上樓梯。

第鼠從天花板的門上探頭進來，對著佐羅力說。
我要出門旅行，所以回來收拾行李，幸虧我及時趕回來了，佐羅力。
第鼠拿掉了帽子和鬍子，笑嘻嘻的說。
果然沒猜錯，你就是鼠帝，本大爺絕不原諒你！
佐羅力立刻衝上樓梯，鼠帝慌忙關上了門，然後把原本放在一旁的書架推倒，把門壓住。

幾位年輕的畫家，對不起你們了。我用你們的畫，謊稱是名畫的真跡賣給了別人，讓我賺了一大筆錢。我現在要去報警，告訴警察說，怪傑佐羅力偷了「萌喵麗莎」，還把三名專門模仿名畫的畫家藏在這裡，然後，我就搭私人飛機去南方島嶼享受人生了。那我就先走一步啦。
嘰吱吱吱。
鼠帝的奸笑聲漸漸遠去。
啪～咚

佐羅力一次又一次推著
天花板上的那道門，但是，
因為門被沉重的書架壓住了，
所以完全推不動。

這個地下室沒有窗戶，
也沒有其他的出口，
所以就算在這裡大聲喊救命，
附近都是一片廢墟，
不可能有人聽到。

「嗯，這下子該怎麼辦呢？」佐羅力在動腦筋思考的時候，時間也滴答滴答、一分一秒的流失。

就在這時，上面傳來了有人移動書架的聲音。

應該是警察上門來抓人了吧。

天花板上的門啪的一聲，猛然打開了……

急急忙忙從樓上衝下來的
竟然是脖子周圍
還掛著雕刻品配件
的魯豬豬。
噠噠噠噠噠噠
伊豬豬，
我的花生、
我的花生
有沒有留下來給我？
我要我的花生。

無論如何，地下室的門終於打開了，
他們可以從這裡逃出去了。
「魯豬豬，你真了不起，
謝謝你來救了我們。」
魯豬豬聽到佐羅力的稱讚，樂得手舞足蹈，
暫時忘了花生的事，
說起了來這裡的過程。

我把腦袋鑽進去的
那個雕塑是很寶貴的藝術品，
不可以隨便敲破或是打破。
所以，那幾個警官
想盡辦法，
試著把我拉出來，
一下子拉我的屁股，
一下子又推我，

然後又把我轉來轉去，扭來扭去，
試了各種不同的方法。
結果，我就試了我的絕招。

放屁嗎？
一定就是放屁。
你們說對了。
我放的屁，威力比想像中更加驚人，結果把雕刻品都炸開了，我也順利脫身了。
那幾個警官被我的屁燻得昏了過去。我就趁機逃進了你們剛才進來的那個洞裡……

「結果就一路走到了這個廢墟。」

「但是，你怎麼會知道我們被關在這棟房子的地下室呢？」

佐羅力感到納悶的問。

「啊，那是因為來這裡的路上，看到地上掉了很多花生殼，所以我很擔心、很擔心，很怕伊豬豬把我的花生全部吃光了。」

「啊哈哈，真是太對不起了。」

伊豬豬甩著已經吃光的花生空袋子，抓著頭向魯豬豬道歉，魯豬豬放聲大哭起來。佐羅力拍了拍魯豬豬的肩膀說：

「只要我們逃離這裡，我就讓你有吃不完的花生。」

「真、真的嗎？佐羅力大師？」

對啊，當然是真的。

我現在正要去噗嚕嚕噗嚕美術館，把這幅『萌喵麗莎』還回去。

就算噗嚕嚕再怎麼小氣，也會因為感激我們，至少會送我們一、兩袋花生當作謝禮。」

聽到佐羅力這麼說，魯豬豬皺起了眉頭。

「不行，美術館那裡有很多警察，只要一進去那裡，

他們就會不管真相是什麼，用手銬把我們銬起來。

「那就傷腦筋了，把畫還給美術館之後，要立刻去追趕鼠帝，否則他就要遠走高飛了。嗯？等一下……」

佐羅力低頭注視著手上的「萌喵麗莎」。

「對了！你們三個人。」

佐羅力回頭看著三名畫家……

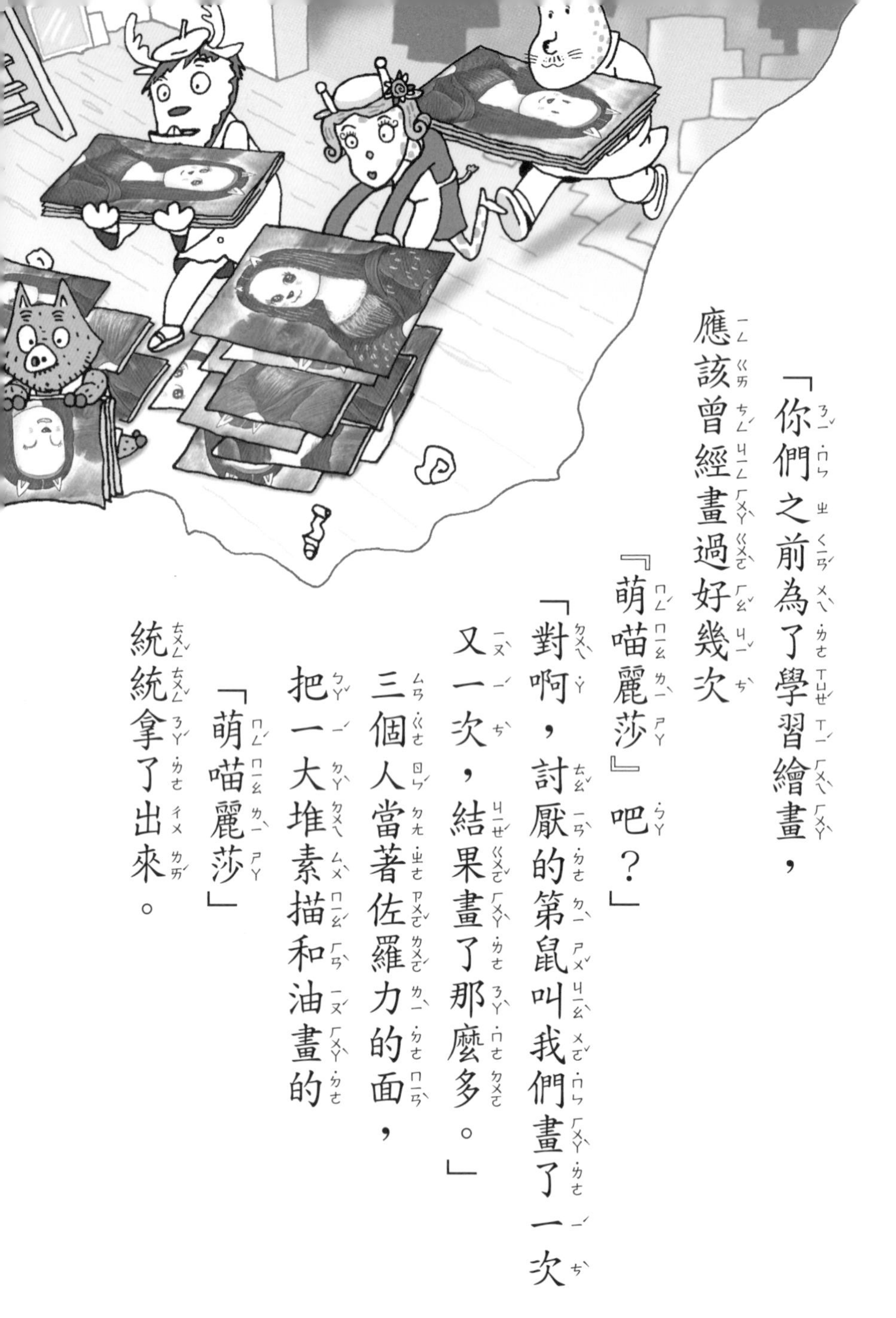

「你們之前為了學習繪畫，應該曾經畫過好幾次『萌喵麗莎』吧？」

「對啊，討厭的第鼠叫我們畫了一次又一次，結果畫了那麼多。」

三個人當著佐羅力的面，把一大堆素描和油畫的「萌喵麗莎」統統拿了出來。

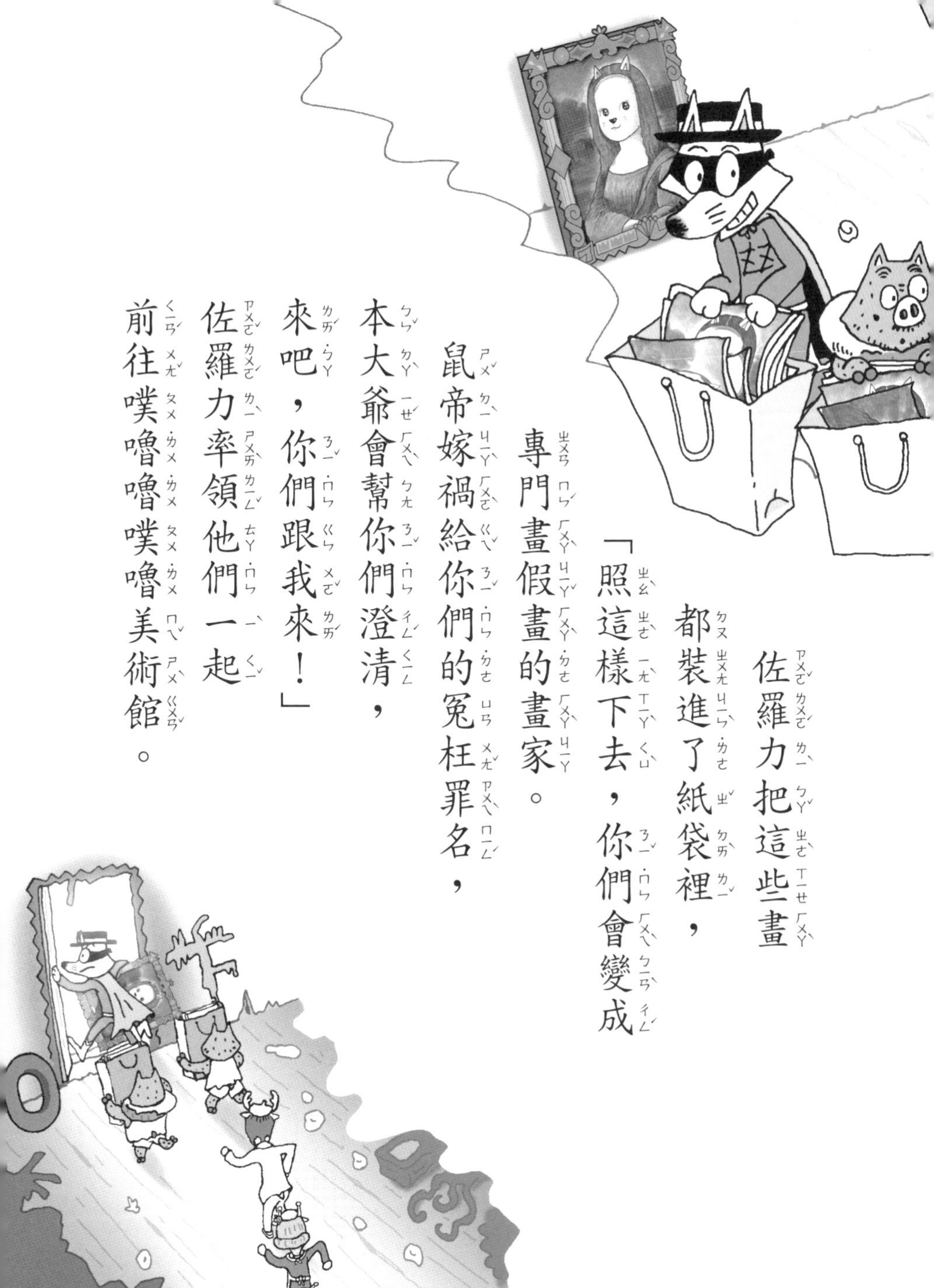

佐羅力把這些畫都裝進了紙袋裡，

「照這樣下去，你們會變成專門畫假畫的畫家。鼠帝嫁禍給你們的冤枉罪名，本大爺會幫你們澄清，來吧，你們跟我來！」

佐羅力率領他們一起前往噗嚕嚕噗嚕美術館。

在噗嚕嚕噗嚕嚕美術館，噗嚕嚕把向第鼠買的三幅畫掛好了之後，正坐在沙發上休息。

這時，三名畫家突然從庭院衝進了美術館。

鹿加索的標誌
哇喔，我們畫的畫竟然可以掛在這麼氣派的美術館。
你們這幾個傢伙真會胡說八道，趕快把他們給趕出去！

長頸子的標誌
豹卡爾的標誌
等一下，我們有證據可以證明給你看。
三名畫家紛紛走到各自畫的畫作前，用手指著畫畫中他們各自代替簽名畫在上面的標誌。
怎、怎麼會這樣？難道我被那個第鼠騙了嗎？
很遺憾，你真的受騙上當了。

怪傑佐羅力走出來，對噗嚕嚕說：

「那個第鼠其實就是大盜鼠帝，也是他偷走了美術館裡的『萌喵麗莎』，為了證明不是我偷的，我特地帶了真跡來還給你們。」

佐羅力說完，把「萌喵麗莎」的畫拿了出來。

「真是太感謝了。」

噗嚕嚕伸出了手。

「但是，本大爺還有事情沒有處理完畢，所以不能現在就交還給你。」

「評論家老師已經快要到了，我哪裡有時間聽你說這些？警察先生，趕快把佐羅力給我抓起來，把他手上的『萌喵麗莎』搶回來。」

噗嚕嚕大叫起來，在他說話的同時，許多警察突然出現，想要衝上來抓佐羅力。

這時……

伊豬豬和魯豬豬手上拿著刷子和油漆衝了出來。

「如果你不希望我們在這幅畫上面亂畫，就不要輕舉妄動。」

噗嚕嚕臉色發白的問：「我、我要怎麼做，你們才願意把那幅畫還給我？」

「很簡單，只要你答應三個條件。」

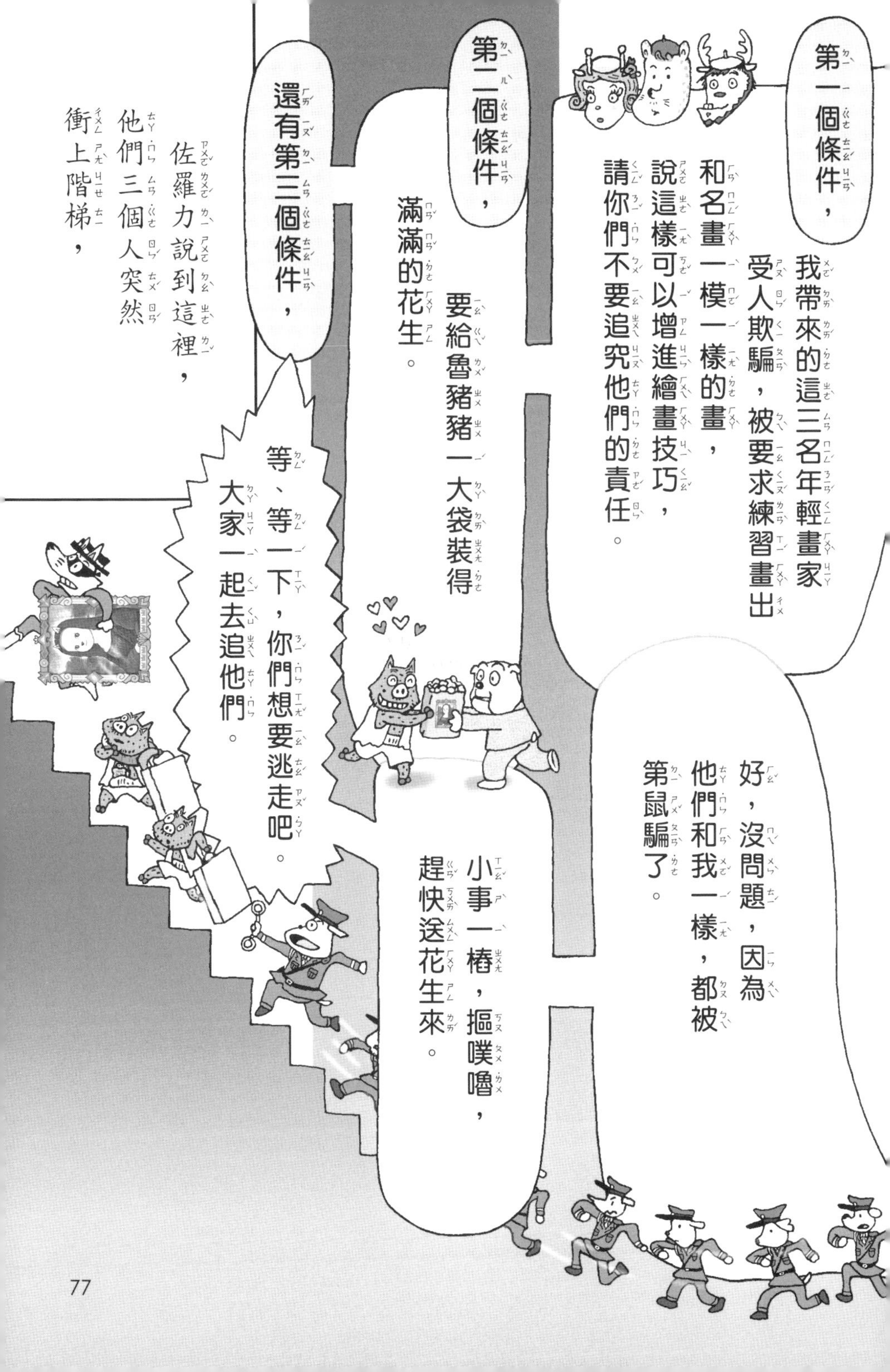
第一個條件，
我帶來的這三名年輕畫家受人欺騙，被要求練習畫出和名畫一模一樣的畫，說這樣可以增進繪畫技巧，請你們不要追究他們的責任。
第二個條件，
要給魯豬豬一大袋裝得滿滿的花生。
還有第三個條件，
佐羅力說到這裡，他們三個人突然衝上階梯，
好，沒問題，因為他們和我一樣，都被第鼠騙了。
小事一樁，摳噗嚕，趕快送花生來。
等、等一下，你們想要逃走吧。大家一起去追他們。

跑到了屋頂上。

「第三個條件，就是這架直升機稍微借給我們用一下。如果本大爺沒有親手把那個鼠帝抓到，肚子裡好像有蟲子鑽來鑽去，沒辦法不生氣。」

聽到直升機引擎發動的聲音，噗嚕嚕用快要哭出來的聲音大叫：

「喂，直升機借給你們沒有問題，但你們應該不會把『萌喵麗莎』就這樣帶走，不還給我們了吧？佐羅力。」

「當然哪，放心吧，噗嚕嚕我會遵守約定。」

直升機飛了起來，就在同時，

佐羅力把從畫框裡拆下來的「萌喵麗莎」真跡，和三名年輕畫家臨摹的許多「萌喵麗莎」一起，從直升機上丟了下去。
因為我不想讓你們妨礙我去抓鼠帝，所以你們就在這裡慢慢找，看看到底哪一幅才是真跡。
這下子傷腦筋了。請各位警官也留下來幫忙一起找。

他們必須在評論家老師抵達美術館之前，
把「萌喵麗莎」的真跡找出來，
掛在美術館內。
右側附上「萌喵麗莎」真跡的照片作為參考，請各位讀者也幫他們一起找出來。
◎請找出和這幅一模一樣的「萌喵麗莎」。

佐羅力他們三個人趕到機場的時候，鼠帝駕駛的那架私人飛機剛好從機場跑道起飛。

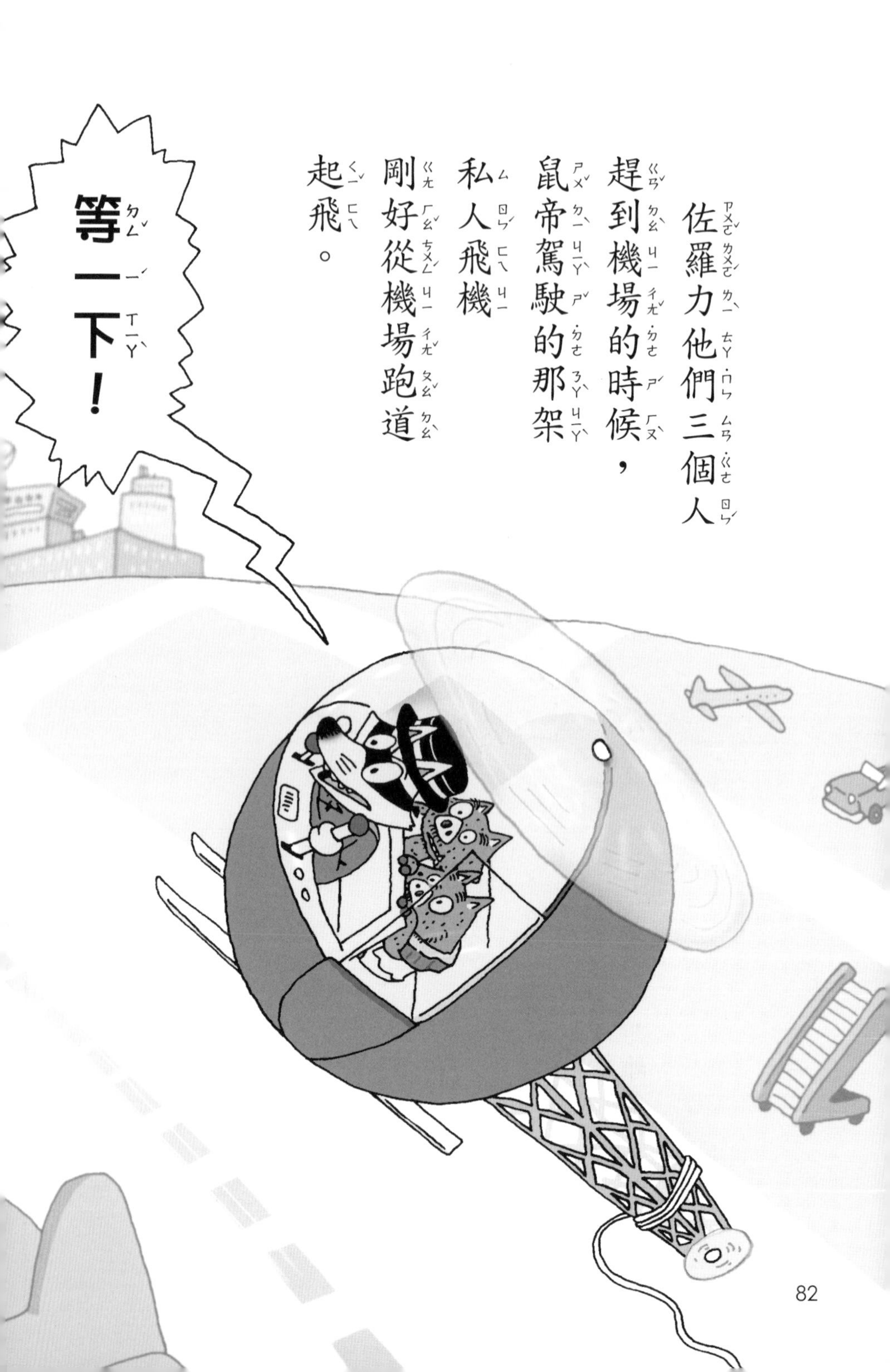

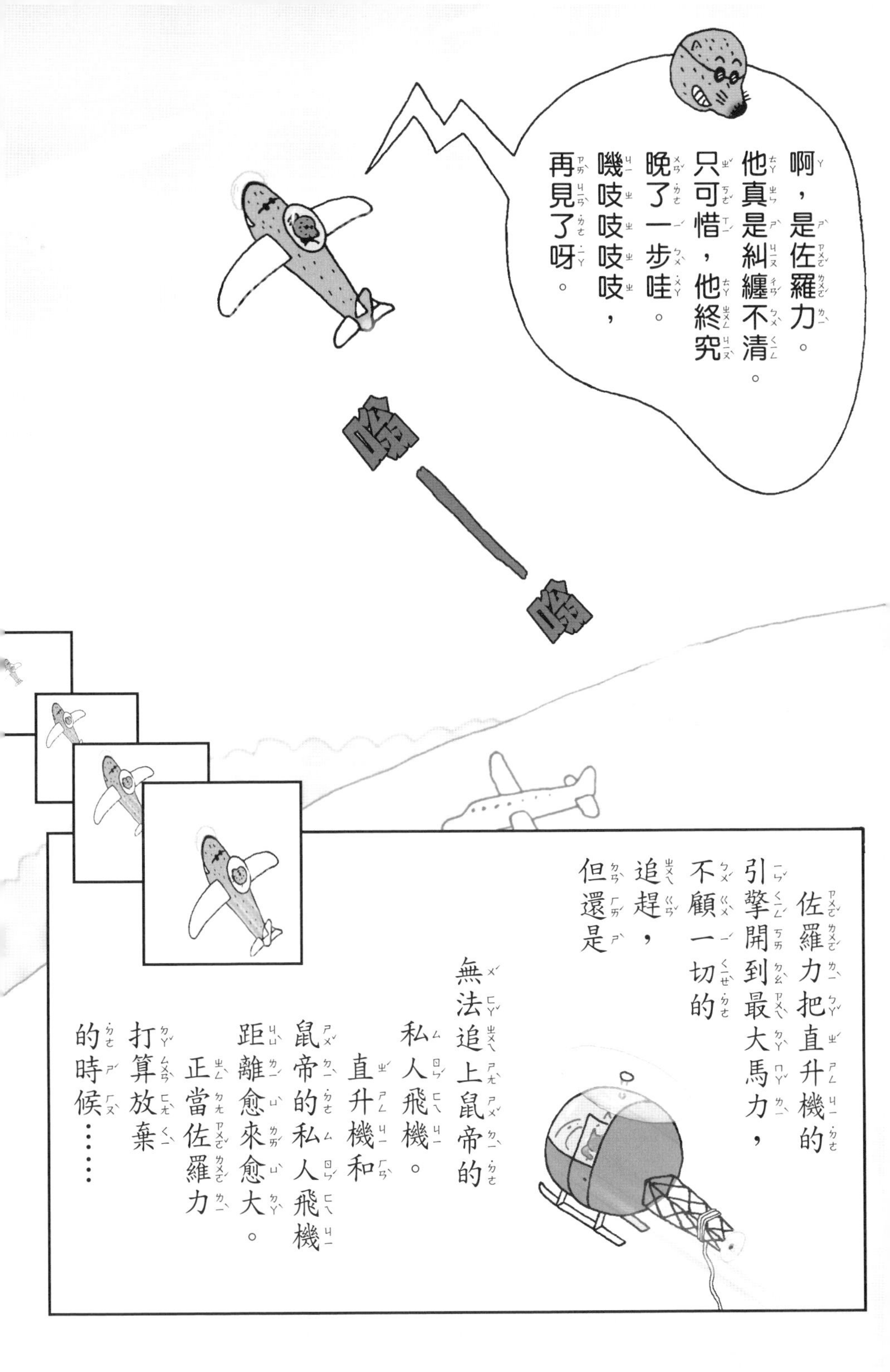
啊，是佐羅力。
他真是糾纏不清。
只可惜，他終究
晚了一步哇。
嘰吱吱吱吱，
再見了呀。
嗡—嗡
佐羅力把直升機的
引擎開到最大馬力，
不顧一切的
追趕，
但還是
無法追上鼠帝的
私人飛機。
直升機和
鼠帝的私人飛機
距離愈來愈大。
正當佐羅力
打算放棄
的時候……

鼠帝的私人飛機速度突然慢了下來。

一架紅色的飛機出現在鼠帝的面前，擋住了他的去路。

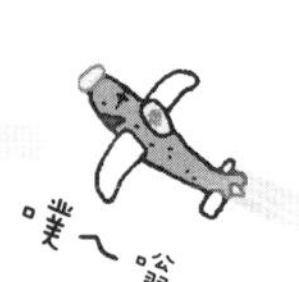

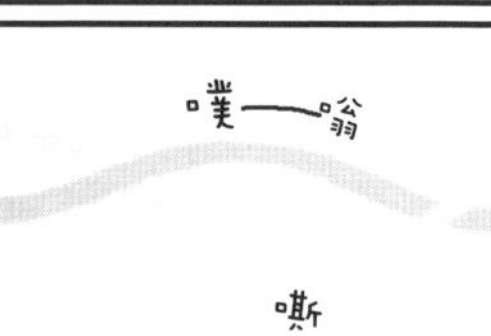

鼠帝往右飛時，那架飛機也往右；鼠帝往左，那架飛機也往左。紅色飛機用漂亮的飛行手法擋住了鼠帝的去路。

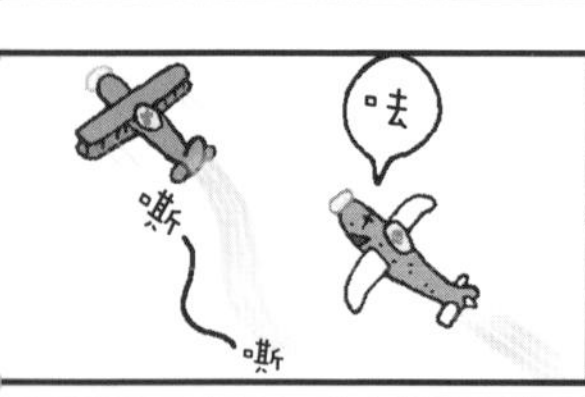

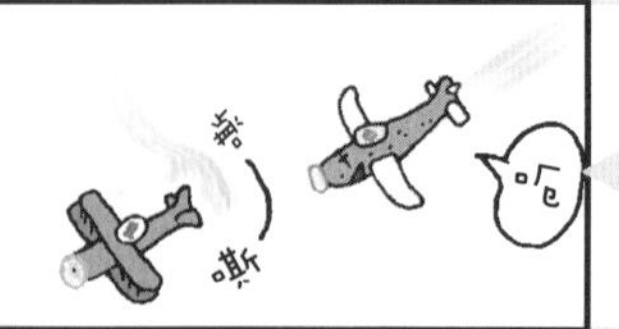

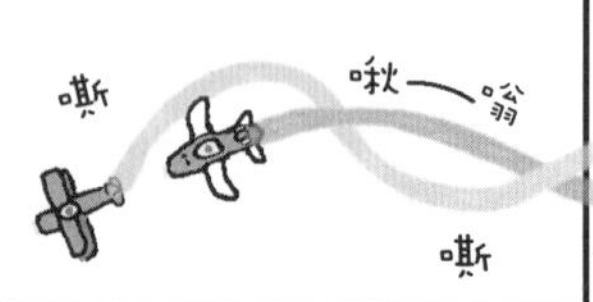

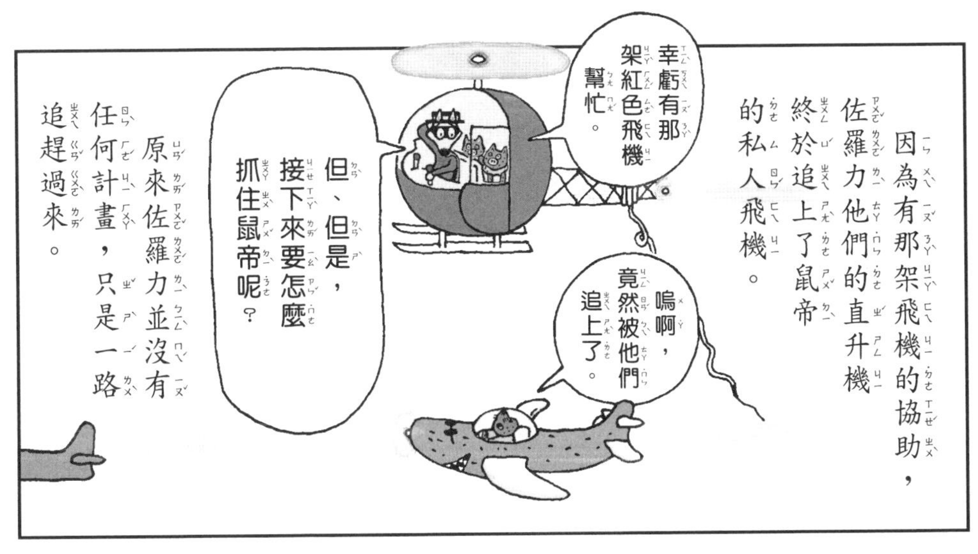
因為有那架飛機的協助，佐羅力他們的直升機終於追上了鼠帝的私人飛機。

原來佐羅力並沒有任何計畫，只是一路追趕過來。

但是，當魯豬豬看到直升機的後方，立刻想到了一個好主意。

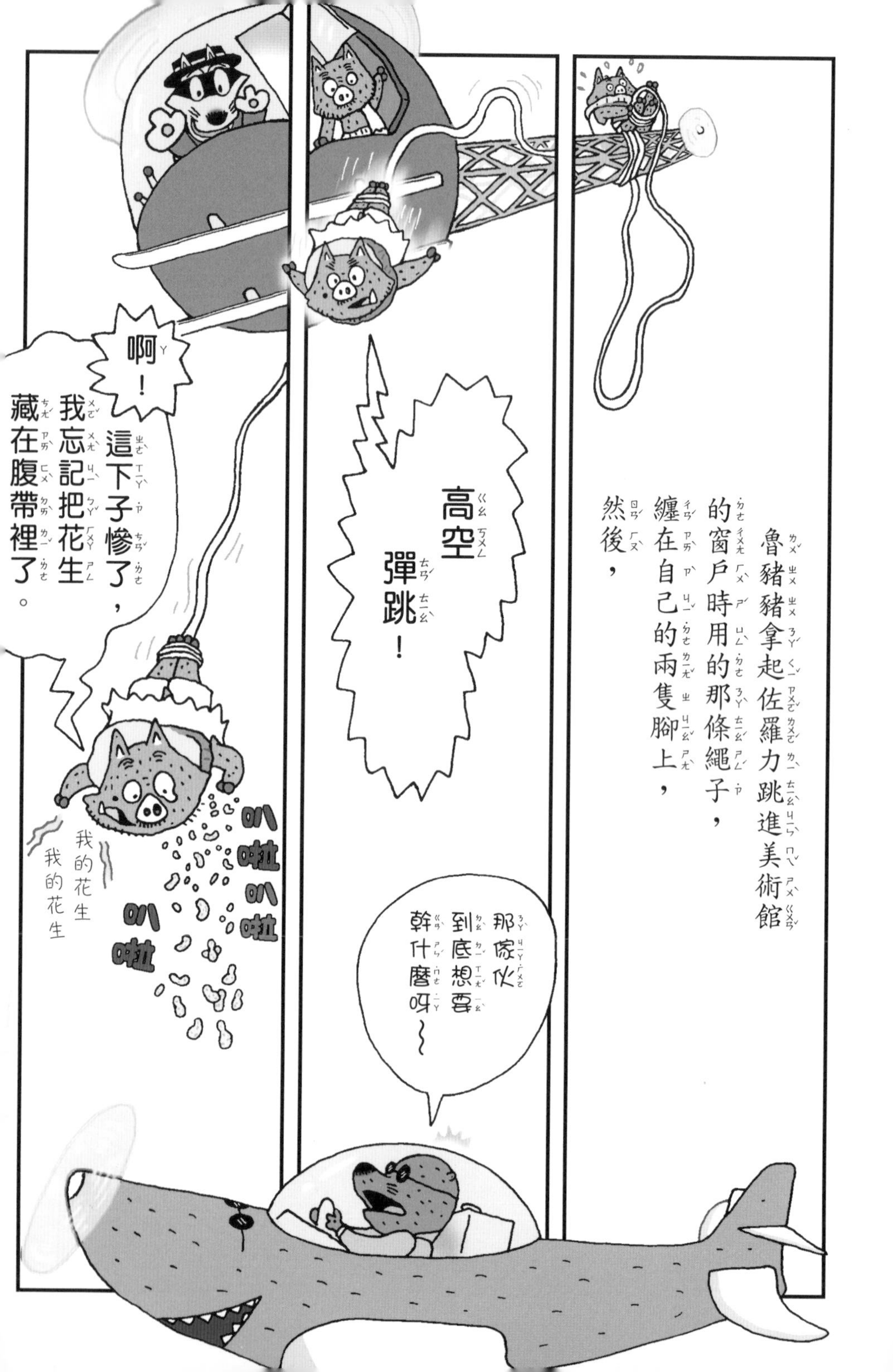
魯豬豬拿起佐羅力跳進美術館的窗戶時用的那條繩子，纏在自己的兩隻腳上，然後，
高空彈跳！
那傢伙到底想要幹什麼呀~
啊！
這下子慘了，我忘記把花生藏在腹帶裡了。
我的花生
我的花生
叭啦叭啦
叭啦

魯豬豬的花生灑向了大海，
他整個人朝向鼠帝
直直飛去。
魯豬豬！
魯豬豬整個人重重的
撞向駕駛座。
魯豬豬的命運
到底如何……。
咚—哇
嗚哇—

掛在魯豬豬脖子上的雕刻品撞碎了飛機駕駛艙的擋風玻璃，魯豬豬一把抓住了坐在駕駛座上的鼠帝。
魯豬豬，幹得好。
原本覺得掛在我脖子上的雕刻很煩人，沒想到竟然派上了用場。啊，這下子終於輕鬆了。

嘶嚕
嘶嚕
嘶嚕
啊，我的私人飛機。上面還裝了很多錢哪。
你在說什麼呀，我犧牲了很多花生都沒吭氣了。
噗！通
咻—
魯豬豬把鼠帝抓上來後，
佐羅力對鼠帝說：
「你趕快去警察局自首，告訴警察說，是你偷了『萌喵麗莎』。」
但是，
「哼！我才不要。」
鼠帝很不高興，
把頭轉到一旁不理佐羅力。
這時……

他們決定再次把他懸在大海的上方，讓他好好反省。

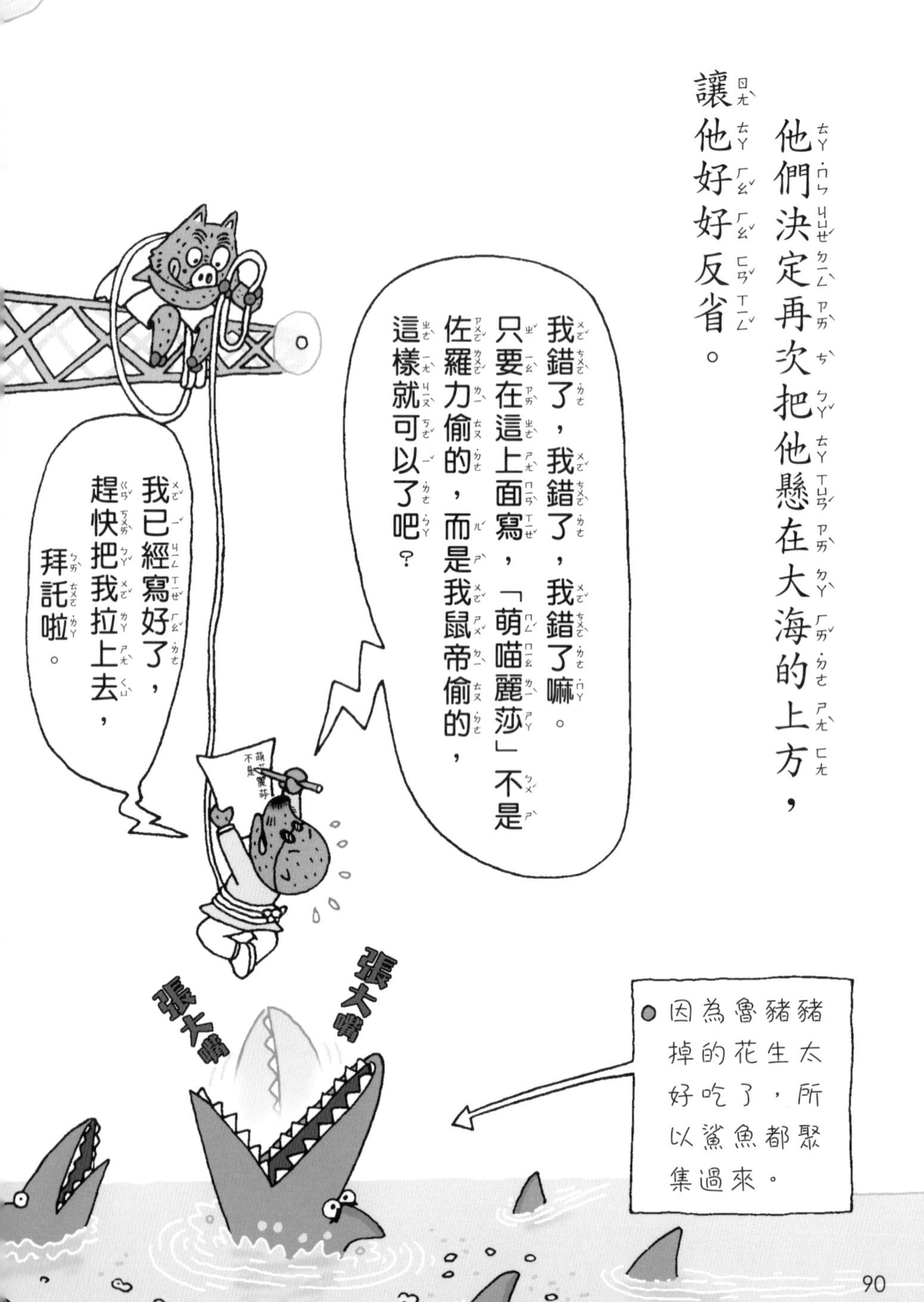

我錯了，我錯了，我錯了嘛。只要在這上面寫，「萌喵麗莎」不是佐羅力偷的，而是我鼠帝偷的，這樣就可以了吧？
我已經寫好了，趕快把我拉上去，拜託啦。
萌喵麗莎不是
張大嘴
張大嘴
因為魯豬豬掉的花生太好吃了，所以鯊魚都聚集過來。

鼠帝，別忘了還要簽上自己的名字。

佐羅力這才想到，剛才只顧著抓鼠帝，把協助他們抓到鼠帝的那架紅色飛機的事忘得一乾二淨。

佐羅力尋找著紅色飛機的身影，想要好好道謝，但周圍只有一片藍色的天空。

不一會兒，警察順利從一堆畫作中找到了「萌喵麗莎」的真跡，

於是，他們火速趕到了飛機場。

他們來到機場一看，發現鼠帝被結結實實的綁在直升機上。

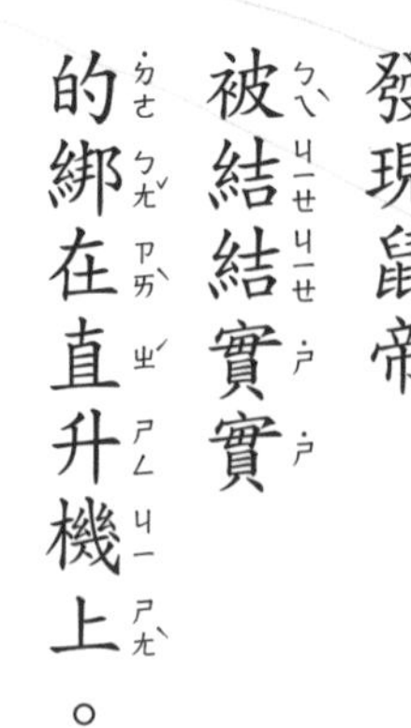

是鼠帝！
鼠帝在這裡！
追追追追
佐羅力呢？佐羅力人去哪裡了？

80～81頁的「萌喵麗莎」在這裡找到了！

給各位動物的警察
各位工作辛苦了，這是佐羅力送給各位的小禮物。
我只差一點就成功了，太可惜了。佐羅力這個壞蛋，你給我記住。
把鼠帝放進了萌喵麗莎的畫框裡。
鼠帝的額頭上，貼了這張紙，上面寫了東西。
不，搞不好佐羅力還在這附近，一定要小心提防，千萬不可大意。
遵命。
萌喵麗莎不是佐羅力偷的，而是我鼠帝偷的。
鼠帝
這次原本是可以把鼠帝和佐羅力一網打盡的大好機會。

佐羅力他們三個人還在這個
村莊附近逛來逛去。
喂，各位讀者小朋友！
雖然我已經抓到了鼠帝，
把萌喵麗莎物歸原主，
還給了美術館，
但事情還沒有結束。
下一次，佐羅力大爺將要靠
自己的力量，親自去把
「萌喵麗莎」偷出來。
但是，
佐羅力大師，
他們的警衛會
提高警惕，
加強戒備。

呵呵呵。
正因為這樣，才更能夠激發
本大爺的鬥志啊。
本大爺要用讓大家嚇破膽
的絕招，把「萌喵麗莎」
偷到手！你們給我聽好了，
那可是真跡，只要賣出去，
不知道可以蓋幾座
佐羅力城堡。
嘻嘻呵呵。
好。那下次
再去噗嚕嚕噗嚕美術館
的時候，要把整個花車
裡的花生都拿回來。
魯豬豬，我會讓你
吃花生吃到飽，
剝花生剝到手痛為止。
什麼？還要再畫偷
「萌喵麗莎」的故事嗎？
饒了我吧。
敬告各位讀者：
請不要錯過本書封底內頁的內容。

●作者簡介

原裕 Yutaka Hara

一九五三年出生於日本熊本縣，一九七四年獲得KFS創作比賽「講談社兒童圖書獎」，主要作品有《小小的森林》、《手套火箭的宇宙探險》、《寶貝木屐》、《小噗出門買東西》、《我也能變得和爸爸一樣嗎？》、【輕飄飄的巧克力島】系列、【膽小的鬼怪】系列、【菠菜人】系列、【怪傑佐羅力】系列、【鬼怪尤太】系列、【魔法的禮物】系列等。

●譯者簡介

王蘊潔

專職日文譯者，旅日求學期間曾經寄宿日本家庭，深入體會日本文化內涵，從事翻譯工作至今二十餘年。熱愛閱讀，熱愛故事，除了或嚴肅或浪漫、或驚悚或溫馨的小說翻譯，也從翻譯童書的過程中，充分體會童心與幽默樂趣。曾經譯有《白色巨塔》、《博士熱愛的算式》、《哪啊哪啊神去村》等暢銷小說，也譯有【怪傑佐羅力】系列、【魔女宅急便】系列、【小小火車向前跑】系列、【大家一起玩】系列《大家一起來畫畫》、《大家一起做料理》等童書譯作。

臉書交流專頁：綿羊的譯心譯意。

國家圖書館出版品預行編目資料

怪傑佐羅力之偷畫大盜
原裕 文、圖；王蘊潔 譯 --
第一版. -- 台北市：天下雜誌, 2015.07
96 面 ;14.9x21公分. --（怪傑佐羅力系列；34）
譯自：かいけつゾロリの大どろぼう
ISBN 978-986-91881-8-0（精裝）
861.59　　104009104

怪傑佐羅力系列 34

怪傑佐羅力之偷畫大盜

作者｜原裕（Yutaka Hara）
譯者｜王蘊潔
責任編輯｜蔡珮瑤
美術設計｜蕭雅慧
行銷企劃｜高嘉吟

天下雜誌群創辦人｜殷允芃
董事長兼執行長｜何琦瑜
兒童產品事業群
副總經理｜林彥傑
總監｜黃雅妮
版權專員｜何晨瑋、黃微真

出版者｜親子天下雜誌股份有限公司
地址｜台北市 104 建國北路一段 96 號 4 樓
電話｜（02）2509-2800
傳真｜（02）2509-2462
網址｜www.parenting.com.tw
讀者服務專線｜（02）2662-0332
週一～週五：09:00～17:30
讀者服務傳真｜（02）2662-6048
客服信箱｜bill@cw.com.tw

法律顧問｜台英國際商務法律事務所・羅明通律師
製版印刷｜中原造像股份有限公司
總經銷｜大和圖書有限公司
電話｜（02）8990-2588

出版日期｜2015 年 7 月第一版第一次印行
2021 年 9 月第一版第十四次印行
定價｜280 元
書號｜BKKCH002P
ISBN｜978-986-91881-8-0（精裝）

訂購服務
親子天下 Shopping｜shopping.parenting.com.tw
海外・大量訂購｜parenting@cw.com.tw
書香花園｜台北市建國北路二段 6 巷 11 號
電話｜（02）2506-1635
劃撥帳號｜50331356 親子天下股份有限公司

每讀新聞

噗嚕嚕噗嚕美術館的所有繪畫作品都是假貨!!

就連那幅「萌喵麗莎」也是假貨！

噗嚕嚕董事長邀請了評論家前往「有很多出色作品的噗嚕嚕噗嚕美術館」參觀，希望可以藉此進行宣傳，但是，

噗嚕嚕噗嚕美術館的「萌喵麗莎」

評論家嚴厲的指出，美術館內所有的作品都是假貨，反而造成了諷刺的反效果。

記者向噗嚕嚕董事長了解情況後，發現他因為貪便宜，所有的畫都是向第鼠買來的。如今已經查明，第鼠正是

那個江洋大盜鼠帝，美術館內所有的畫顯然都是假貨。

原來我弄破的那個雕刻品也是假貨，真是太好了。
什麼！本大爺歷經千辛萬苦，歸還給美術館的「萌喵麗莎」竟然是假貨嗎？